世界名詩選集 / 한 용 운

SEO MOON DANG'S
SCENTED TREASURY
OF WORLD POETRY
AND
FINE ART

世界名詩選集

한 용 운

瑞文堂

한 용 운 / 차 례

아아, 사랑하는 나의 님은…

군 말

　「님」만 님이 아니라 기룬 것은 다 님이다 중생(衆生)이
석가(釋迦)의 님이라면 철학(哲學)은 칸트의 님이다 장미화
(薔薇化)의 님이 봄비라면 맛치니의 님은 이태리(伊太利)다
님은 내가 사랑할 뿐 아니라 나를 사랑하나니라

　연애(戀愛)가 자유(自由)라면 님도 자유일 것이다 그러나
너희는 이름 좋은 자유에 알뜰한 구속(拘束)을 받지 않느냐
너에게도 님이 있느냐 있다면 님이 아니라 너의 그림자
니라

　나는 해 저문 벌판에서 돌아가는 길을 잃고 헤매는 어린
양(羊)이 기루워서 이 시(詩)를 쓴다

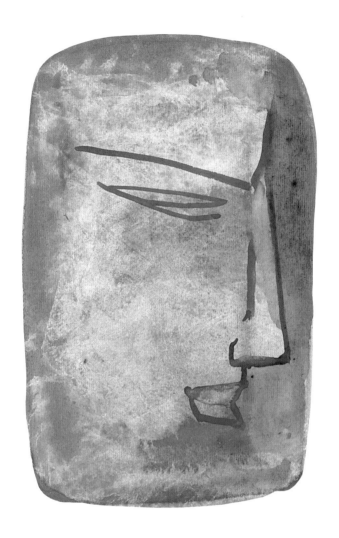

님의 침묵(沈默)

님은 갔습니다 아아 사랑하는 나의 님은 갔습니다

푸른 산빛을 깨치고 단풍나무 숲을 향하여 난 적은 길을 걸어서 참어 떨치고 갔습니다

황금(黃金)의 꽃같이 굳고 빛나던 옛 맹세(盟誓)는 차디찬 티끌이 되어서 한숨의 미풍(微風)에 날아갔습니다

날카로운 첫 「키스」의 추억(追憶)은 나의 운명(運命)의 지침(指針)을 돌려 놓고 뒷걸음쳐서 사라졌습니다

나는 향기로운 님의 말소리에 귀먹고 꽃다운 님의 얼굴에 눈멀었습니다

사랑도 사람의 일이라 만날 때에 미리 떠날 것을 염려하고 경계하지 아니한 것은 아니지만 이별은 뜻밖의 일이 되고 놀란 가슴은 새로운 슬픔에 터집니다

그러나 이별을 쓸데없는 눈물의 원천(源泉)을 만들고 마는 것은 스스로 사랑을 깨치는 것인 줄 아는 까닭에 걷잡을 수 없는 슬픔의 힘을 옮겨서 새 희망(希望)의 정수박이에 들어부었습니다

우리는 만날 때에 떠날 것을 염려하는 것과 같이 떠날 때에 다시 만날 것을 믿습니다

아아 님은 갔지마는 나는 님을 보내지 아니하였습니다

제 곡조를 못 이기는 사랑의 노래는 침묵(沈默)을 휩싸고 돕니다

이별은 미(美)의 창조(創造)

이별은 미(美)의 창조(創造)입니다

이별의 미는 아침의 바탕(質) 없는 황금(黃金)과 밤의 올
(糸) 없는 검은 비단과 죽음 없는 영원(永遠)의 생명(生命)과
시들지 않는 하늘의 푸른 꽃에도 없습니다

님이여 이별이 아니면 나는 눈물에서 죽었다가 웃음에서
다시 살아날 수가 없습니다 오오 이별이여

미는 이별의 창조입니다

알 수 없어요

　바람도 없는 공중에 수직(垂直)의 파문(波紋)을 내이며
고요히 떨어지는 오동잎은 누구의 발자취입니까
　지리한 장마 끝에 서풍에 몰려가는 무서운 검은 구름의
터진 틈으로 언뜻언뜻 보이는 푸른 하늘은 누구의 얼굴
입니까
　꽃도 없는 깊은 나무에 푸른 이끼를 거쳐서 옛 탑(塔)
위의 고요한 하늘을 스치는 알 수 없는 향기는 누구의
입김입니까
　근원은 알지도 못할 곳에서 나서 돌부리를 울리고
가늘게 흐르는 적은 시내는 굽이굽이 누구의 노래입니까
　연꽃 같은 발꿈치로 갓이없는 바다를 밟고 옥 같은
손으로 끝없는 하늘을 만지면서 떨어지는 날을 곱게
단장하는 저녁놀은 누구의 시(詩)입니까
　타고 남은 재가 다시 기름이 됩니다 그칠 줄을 모르고
타는 나의 가슴은 누구의 밤을 지키는 약한 등불입니까

나는 잊고저

남들은 님을 생각한다지만
나는 님을 잊고저 하여요
잊고저 할수록 생각하기로
행여 잊힐까 하고 생각하여 보았습니다

잊으려면 생각하고
생각하면 잊히지 아니하니
잊도 말고 생각도 말아 볼까요
잊든지 생각든지 내버려두어 볼까요
그러나 그리도 아니되고
끊임없는 생각생각에 님뿐인데 어찌하여요

구태여 잊으려면
잊을 수가 없는 것은 아니지만
잠과 죽음뿐이기로
님 두고는 못하여요

아아 잊히지 않는 생각보다
잊고저 하는 그것이 더욱 괴롭습니다

가지 마셔요

　그것은 어머니의 가슴에 머리를 숙이고 자기자기한 사랑을 받으려고 삐죽거리는 입술로 표정(表情)하는 어여쁜 아기를 싸안으려는 사랑의 날개가 아니라 적(敵)의 깃(旗)발입니다

　그것은 자비(慈悲)의 백호광명(白毫光明)이 아니라 번득거리는 악마(惡魔)의 눈(眼)빛입니다

　그것은 면류관(冕旒冠)과 황금(黃金)의 누리와 죽음과를 본 체도 아니하고 몸과 마음을 돌돌 뭉쳐서 사랑의 바다에 풍당 넣으려는 사랑의 여신(女神)이 아니라 칼의 웃음입니다

　아아 님이여 위안(慰安)에 목마른 나의 님이여 걸음을 돌리셔요 거기를 가지 마셔요 나는 싫어요

　대지(大地)의 음악(音樂)은 무궁화(無窮花) 그늘에 잠들었습니다

광명의 꿈은 검은 바다에서 자맥질합니다

　무서운 침묵(沈默)은 만상(萬像)의 속살거림에 서슬이 푸른
교훈(教訓)을 내리고 있습니다

　아아 님이여 이 새 생명(生命)의 꽃에 취(醉)하려는 나의
님이여 걸음을 돌리셔요 거기를 가지 마셔요 나는 싫어요

　거룩한 천사(天使)의 세례(洗禮)를 받은 순결(純潔)한 청춘
(青春)을 똑 따서 그 속에 자기(自己)의 생명을 넣서 그것을
사랑의 제단(祭壇)에 제물(祭物)로 드리는 어여쁜 처녀(處女)가
어데 있어요

　달금하고 맑은 향기를 꿀벌에게 주고 다른 꿀벌에게 주지
않는 이상한 백합(百合)꽃이 어데 있어요

　자신(自身)의 전체(全體)를 죽음의 청산(青山)에 장사 지내고
흐르는 빛(光)으로 밤을 두 쪼각에 베히는 반딧불이 어데
있어요

　아아 님이여 정(情)에 순사(殉死)하려는 나의 님이여 걸음을
돌리셔요 거기를 가지 마셔요 나는 싫어요

　그 나라에는 허공(虛空)이 없습니다

　그 나라에는 그림자 없는 사람들이 전쟁(戰爭)을 하고
있습니다

　그 나라에는 우주만상(宇宙萬像)의 모든 생명의 쇳대를
가지고 척도(尺度)를 초월(超越)한 삼엄(森嚴)한 궤율(軌律)로
진행(進行)하는 위대(偉大)한 시간(時間)이 정지(停止)되었습
니다

　아아 님이여 죽음을 방향(芳香)이라고 하는 나의 님이여
걸음을 돌리셔요 거기를 가지 마셔요 나는 싫어요

고적한 밤

하늘에는 달이 없고 땅에는 바람이 없습니다
사람들은 소리가 없고 나는 마음이 없습니다

우주(宇宙)는 죽음인가요
인생(人生)은 잠인가요

한 가닥은 눈썹에 걸치고 한 가닥은 적은 별에 걸쳤던
님 생각의 금(金)실은 살살살 걷힙니다
한 손에는 황금(黃金)의 칼을 들고 한 손으로 천국(天國)
의 꽃을 꺾던 환상(幻想)의 여왕(女王)도 그림자를 감추었
습니다
아아 님 생각의 금실과 환상의 여왕이 두 손을 마주
잡고 눈물의 속에서 정사(情死)한 줄이야 누가 알아요

우주는 죽음인가요
인생은 눈물인가요
인생이 눈물이면
죽음은 사랑인가요

나의 길

이 세상에는 길도 많기도 합니다

산에는 돌길이 있습니다 바다에는 뱃길이 있습니다

공중에는 달과 별의 길이 있습니다

강가에서 낚시질하는 사람은 모래 위에 발자취를 냅니다

들에서 나물 캐는 여자(女子)는 방초(芳草)를 밟습니다

악한 사람은 죄의 길을 좇아갑니다

의(義) 있는 사람은 옳은 일을 위하여는 칼날을 밟습니다

서산에 지는 해는 붉은 놀을 밟습니다

봄 아침의 맑은 이슬은 꽃머리에서 미끄럼 탑니다

그러나 나의 길은 이 세상에 둘밖에 없습니다

하나는 님의 품에 안기는 길입니다

그렇지 아니하면 죽음의 품에 안기는 길입니다

그것은 만일 님의 품에 안기지 못하면 다른 길은 죽음의

길보다 험하고 괴로운 까닭입니다

아아 나의 길은 누가 내었습니까

아아 이 세상에는 님이 아니고는 나의 길을 낼 수가 없

습니다

그런데 나의 길을 님이 내었으면 죽음의 길은 왜 내셨을

까요

꿈 깨고서

님이면은 나를 사랑하련마는 밤마다 문 밖에 와서 발자취
소리만 내고 한 번도 들어오지 아니하고 도로 가니 그것이
사랑인가요
그러나 나는 발자취나마 님의 문 밖에 가본 적이 없습니다
아마 사랑은 님에게만 있나봐요

아아 발자취 소리나 아니더면 꿈이나 아니 깨었으련마는
꿈은 님을 찾아가려고 구름을 탔었어요

예 술 가(藝術家)

　나는 서투른 화가(畵家)여요
　잠 아니 오는 잠자리에 누워서 손가락을 가슴에 대히고
당신의 코와 입과 두 볼에 새암 파지는 것까지 그렸습니다
　그러나 언제든지 적은 웃음이 떠도는 당신의 눈자위는
그리다가 백 번이나 지웠습니다

　나는 파겁 못한 성악가(聲樂家)여요
　이웃사람도 돌아가고 버러지 소리도 끊쳤는데 당신의
가르쳐 주시던 노래를 부르려다가 조는 고양이가 부끄러
워서 부르지 못하였습니다
　그래서 가는 바람이 문풍지를 스칠 때에 가만히 합창
(合唱)하였습니다

　나는 서정시인(叙情詩人)이 되기에는 너무도 소질(素質)이
없나봐요
　「즐거움」이니 「슬픔」이니 「사랑」이니 그런 것은 쓰기
싫어요
　당신의 얼굴과 소리와 걸음걸이와를 그대로 쓰고 싶습
니다
　그러고 당신의 집과 침대(寢臺)와 꽃밭에 있는 적은 돌도
쓰겠습니다

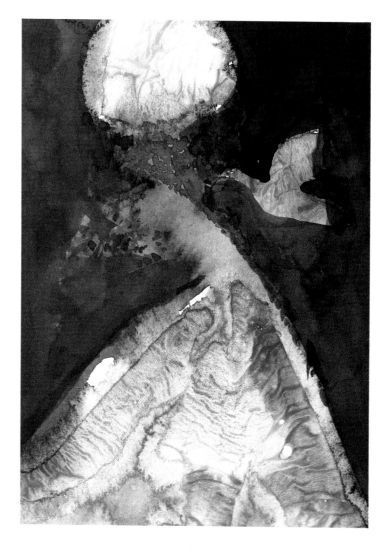

이　별

아아 사람은 약한 것이다 여린 것이다 간사한 것이다
이 세상에는 진정한 사랑의 이별은 있을 수가 없는 것이다
죽음으로 사랑을 바꾸는 님과 님에게야 무슨 이별이
있으랴
이별의 눈물은 물거품의 꽃이요 도금(鍍金)한 금(金)방울
이다

칼로 베힌 이별의 「키스」가 어데 있느냐
생명(生命)의 꽃으로 빚은 이별의 두견주(杜鵑酒)가 어데
있느냐
피의 홍보석(紅寶石)으로 만든 이별의 기념(紀念)반지가
어데 있느냐
이별의 눈물은 저주(咀呪)의 마니주(摩尼珠)요 거짓의 수정
(水晶)이다

사랑의 이별은 이별의 반면(反面)에 반드시 이별하는 사랑
보다 더 큰 사랑이 있는 것이다
혹은 직접(直接)의 사랑은 아닐지라도 간접(間接)의 사랑
이라도 있는 것이다
다시 말하면 이별하는 애인(愛人)보다 자기(自己)를 더
사랑하는 것이다
만일 애인을 자기의 생명보다 더 사랑하면 무궁(無窮)을
회전(回轉)하는 시간(時間)의 수레바퀴에 이끼가 끼도록
사랑의 이별은 없는 것이다

아니다 아니다 「참」보다도 참인 님의 사랑엔 죽음보다도
이별이 훨씬 위대(偉大)하다
죽음이 한 방울의 찬 이슬이라면 이별은 일천 줄기의
꽃비다
죽음이 밝은 별이라면 이별은 거룩한 태양(太陽)이다

생명보다 사랑하는 애인을 사랑하기 위하여는 죽을 수가
없는 것이다
진정한 사랑을 위하여는 괴롭게 사는 것이 죽음보다도 더
큰 희생(犧牲)이다
이별은 사랑을 위하여 죽지 못하는 가장 큰 고통(苦痛)이요
보은(報恩)이다
애인은 이별보다 애인의 죽음을 더 슬퍼하는 까닭이다
사랑은 붉은 촛불이나 푸른 술에만 있는 것이 아니라 먼
마음을 서로 비치는 무형(無形)에도 있는 까닭이다
그러므로 사랑하는 애인을 죽음에서 잊지 못하고 이별에서
생각하는 것이다
그러므로 사랑하는 애인을 죽음에서 웃지 못하고 이별에서
우는 것이다
그러므로 애인을 위하여는 이별의 원한(怨恨)을 죽음의
유쾌(愉快)로 갚지 못하고 슬픔의 고통(苦痛)으로 참는 것
이다
그러므로 사랑은 참어 죽지 못하고 참어 이별하는 사랑
보다 더 큰 사랑은 없는 것이다

그리고 진정한 사랑은 곳이 없다
진정한 사랑은 애인의 포옹(抱擁)만 사랑할 뿐 아니라

애인의 이별도 사랑하는 것이다

　그러고 진정한 사랑은 때가 없다
　진정한 사랑은 간단(間斷)이 없어서 이별은 애인의 육(肉)
뿐이요 사랑은 무궁이다

　아아 진정한 애인을 사랑함에는 죽음은 칼을 주는 것
이요 이별은 꽃을 주는 것이다
　아아 이별의 눈물은 진(眞)이오 선(善)이오 미(美)다
　아아 이별의 눈물은 석가(釋迦)요 모세요 잔다르크다

길이 막혀

당신의 얼굴은 달도 아니언만
산 넘고 물 넘어 나의 마음을 비칩니다

나의 손길은 왜 그리 쩔러서
눈 앞에 보이는 당신의 가슴을 못 만지나요

당신이 오기로 못 올 것이 무엇이며
내가 가기로 못 갈 것이 없지마는
산에는 사다리가 없고
물에는 배가 없어요

뉘라서 사다리를 떼고 배를 깨뜨렸습니까
나는 보석으로 사다리 놓고 진주로 배 모아요
오시려도 길이 막혀서 못 오시는 당신이 기루워요

자유정조(自由貞操)

　내가 당신을 기다리고 있는 것은 기다리고자 하는 것이
아니라 기다려지는 것입니다
　말하자면 당신을 기다리는 것은 정조(貞操)보다도 사랑
입니다

　남들은 나더러 시대(時代)에 뒤진 낡은 여성(女性)이라고
삐죽거립니다 구구(區區)한 정조를 지킨다고
　그러나 나는 시대성(時代性)을 이해(理解)하지 못하는 것도
아닙니다
　인생(人生)과 정조의 심각(深刻)한 비판(批判)을 하여 보기도
한두 번이 아닙니다
　자유연애(自由戀愛)의 신성(神聖)(？)을 덮어놓고 부정(否定)
하는 것도 아닙니다
　대자연(大自然)을 따라서 초연생활(超然生活)을 할 생각도
하여 보았습니다

　그러나 구경(究竟), 만사(萬事)가 다 저의 좋아하는 대로
말한 것이오 행한 것입니다
　나는 님을 기다리면서 괴로움을 먹고 살이 찝니다 어려움을
입고 키가 큽니다
　나의 정조는 「자유정조(自由貞操)」입니다

하나가 되어 주셔요

님이여 나의 마음을 가져가려거든 마음을 가진 나한지 가져가셔요 그리하여 나로 하여금 님에게서 하나가 되게 하셔요

그렇지 아니하거든 나에게 고통만을 주지 마시고 님의 마음을 다 주셔요 그리고 마음을 가진 님한지 나에게 주셔요 그래서 님으로 하여금 나에게서 하나가 되게 하셔요

그렇지 아니하거든 나의 마음을 돌려보내 주셔요 그러고 나에게 고통을 주셔요

그러면 나는 나의 마음을 가지고 님의 주시는 고통을 사랑하겠습니다

나룻배와 행인(行人)

나는 나룻배
당신은 행인(行人)

당신은 흙발로 나를 짓밟습니다
나는 당신을 안고 물을 건너갑니다
나는 당신을 안으면 깊으나 옅으나 급한 여울이나 건너
갑니다

만일 당신이 아니 오시면 나는 바람을 쐬고 눈비를
맞으며 밤에서 낮까지 당신을 기다리고 있습니다
당신은 물만 건너면 나를 돌아보지도 않고 가십니다그려
그러나 당신이 언제든지 오실 줄만은 알아요
나는 당신을 기다리면서 날마다 날마다 낡아갑니다

나는 나룻배
당신은 행인

차 라 리

님이여 오서요 오시지 아니하려면 차라리 가서요 가려다
오고 오려다 가는 것은 나에게 목숨을 빼앗고 죽음도 주지
않는 것입니다

님이여 나를 책망하려거든 차라리 큰 소리로 말씀하여
주서요 침묵(沈默)으로 책망하지 말고 침묵으로 책망하는
것은 아픈 마음을 얼음 바늘로 찌르는 것입니다

님이여 나를 아니 보려거든 차라리 눈을 돌려서 감으서요
흐르는 곁눈으로 흘겨보지 마서요 곁눈으로 흘겨보는 것은
사랑의 보(褓)에 가시의 선물을 싸서 주는 것입니다

나의 노래

나의 노랫가락의 고저장단은 대중이 없습니다

그래서 세속의 노래 곡조와는 조금도 맞지 않습니다

그러나 나는 나의 노래가 세속 곡조에 맞지 않는 것을
조금도 애닮어 하지 않습니다

나의 노래는 세속의 노래와 다르지 아니하면 아니 되는
까닭입니다

곡조는 노래의 결함(缺陷)을 억지로 조절(調節)하려는
것입니다

곡조는 부자연(不自然)한 노래를 사람의 망상(妄想)으로
도막쳐 놓는 것입니다

참된 노래에 곡조를 붙이는 것은 노래의 자연(自然)에
치욕(恥辱)입니다

님의 얼굴에 단장을 하는 것이 도리어 험이 되는 것과
같이 나의 노래에 곡조를 붙이면 도리어 결점(缺點)이
됩니다

나의 노래는 사랑의 신(神)을 울립니다

나의 노래는 처녀(處女)의 청춘(靑春)을 쥡짜서 보기도
어려운 맑은 물을 만듭니다

나의 노래는 님의 귀에 들어가서는 천국(天國)의 음악
(音樂)이 되고 님의 꿈에 들어가서는 눈물이 됩니다

나의 노래가 산과 들을 지나서 멀리 계신 님에게 들리는

줄을 나는 압니다

　나의 노랫가락이 바르르 떨다가 소리를 어르지 못할
때에 나의 노래가 님의 눈물겨운 고요한 환상(幻想)으로
들어가서 사라지는 것을 나는 분명히 압니다

　나는 나의 노래가 님에게 들리는 것을 생각할 때에
광영(光榮)에 넘치는 나의 적은 가슴은 발발발 떨면서
침묵(沈默)의 음보(音譜)를 그립니다

당신이 아니더면

당신이 아니더면 포시럽고 매끄럽던 얼굴이 왜 주름살이 접혀요

당신이 기룹지만 않다면 언제까지라도 나는 늙지 아니할 테여요

맨 츰에 당신에게 안기던 그때대로 있을 테여요

그러나 늙고 병들고 죽기까지라도 당신 때문이라면 나는 싫지 안하여요

나에게 생명을 주든지 죽음을 주든지 당신의 뜻대로만 하셔요

나는 곧 당신이어요

잠 없는 꿈

나는 어늬 날 밤에 잠 없는 꿈을 꾸었습니다

「나의 님은 어데 있어요 나는 님을 보러 가겠습니다
님에게 가는 길을 가져다가 나에게 주셔요 검이여」

「너의 가려는 길은 너의 님의 오려는 길이다 그 길을
가져다 너에게 주면 너의 님은 올 수가 없다」

「내가 가기만 하면 님은 아니 와도 관계가 없습니다」

「너의 님의 오려는 길을 너에게 갖다 주면 너의 님은
다른 길로 오게 된다 네가 간대도 너의 님을 만날 수가
없다」

「그러면 그 길을 가져다가 나의 님에게 주셔요」

「너의 님에게 주는 것이 너에게 주는 것과 같다 사람
마다 저의 길이 각각 있는 것이다」

「그러면 어찌하여야 이별한 님을 만나보겠습니까」

「네가 너를 가져다가 너의 가려는 길에 주어라 그리하고
쉬지 말고 가거라」

「그리 할 마음은 있지마는 그 길에는 고개도 많고 물도
많습니다 갈 수가 없습니다

검은 「그러면 너의 님을 너의 가슴에 안겨주마」하고 나의
님을 나에게 안겨주었습니다

나는 나의 님을 힘껏 껴안았습니다

나의 팔이 나의 가슴을 아프도록 다칠 때에 나의 두 팔에
베혀진 허공(虛空)은 나의 팔을 뒤에 두고 이어졌습니다

생 명(生命)

  닻과 치를 잃고 거친 바다에 표류(漂流)된 적은 생명(生命)
의 배는 아직 발견(發見)도 아니된 황금(黃金)의 나라를
꿈꾸는 한 줄기 희망(希望)이 나반침(羅盤針)이 되고 항로
(航路)가 되고 순풍(順風)이 되어서 물결의 한 끝은 하늘을
치고 다른 물결의 한 끝은 땅을 치는 무서운 바다에 배질
합니다
  님이여 님에게 바치는 이 적은 생명을 힘껏 껴안아
주셔요
  이 적은 생명이 님의 품에서 으서진다 하여도 환희(歡喜)의
영지(靈地)에서 순정(殉情)한 생명의 파편(破片)은 최귀(最貴)
한 보석(寶石)이 되어서 쪼각쪼각이 적당(適當)히 이어져서
님의 가슴에 사랑의 휘장(徽章)을 걸겠습니다
  님이여 끝없는 사막(沙漠)에 한 가지의 깃디일 나무도 없는
적은 새인 나의 생명을 님의 가슴에 으서지도록 껴안아
주셔요
  그리고 부서진 생명의 쪼각쪼각에 입맞춰 주셔요

      ＊나반침(羅盤針) : 나침반(羅針盤)의 오기(誤記)로 보임.

사랑의 측량(測量)

즐겁고 아름다운 일은 양(量)이 만할수록 좋은 것입니다
그런데 당신의 사랑은 양이 적을수록 좋은가 봐요
당신의 사랑은 당신과 나와 두 사람의 사이에 있는 것
입니다
사랑의 양을 알려면 당신과 나의 거리(距離)를 측량(測量)
할 수밖에 없습니다
그래서 당신과 나의 거리가 멀면 사랑의 양이 만하고
거리가 가까우면 사랑의 양이 적을 것입니다
그런데 적은 사랑은 나를 웃기더니 만한 사랑은 나를
울립니다

뉘라서 사람이 멀어지면 사랑도 멀어진다고 하여요
당신이 가신 뒤로 사랑이 멀어졌으면 날마다 날마다 나를
울리는 것은 사랑이 아니고 무엇이어요

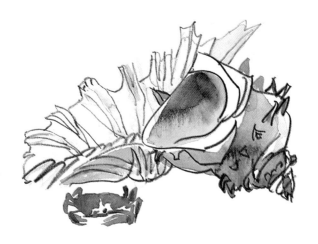

진　주(眞珠)

　언제인지 내가 바닷가에 가서 조개를 줏었지요 당신은 나의 치마를 걷어 주셨어요 진흙 묻는다고

　집에 와서는 나를 어린 아기 같다고 하셨지요 조개를 줏어다가 장난한다고 그리고 나가시더니 금강석을 사다 주셨습니다 당신이

　나는 그때에 조개 속에서 진주를 얻어서 당신의 적은 주머니에 넣드렸습니다

　당신이 어디 그 진주를 가지고 계셔요 잠시라도 왜 남을 빌려주셔요

슬픔의 삼매(三昧)

　하늘의 푸른 빛과 같이 깨끗한 죽음은 군동(群動)을 정화
(淨化)합니다
　허무(虛無)의 빛(光)인 고요한 밤은 대지(大地)에 군림(君臨)
하였습니다
　힘 없는 촛불 아래에 사릿드리고 외로이 누워 있는 오오
님이여
　눈물의 바다에 꽃배를 띄웠습니다
　꽃배는 님을 실ㅅ고 소리도 없이 가라앉았습니다
　나는 슬픔의 삼매(三昧)에 「아공(我空)」이 되었습니다

　꽃향기의 무르녹은 안개에 취(醉)하여 청춘(靑春)의 광야
(曠野)에 비틀걸음치는 미인(美人)이여
　죽음을 기러기 털보다도 가벼웁게 여기고 가슴에서 타
오르는 불꽃을 얼음처럼 마시는 사랑의 광인(狂人)이여
　아아 사랑에 병들어 자기(自己)의 사랑에게 자살(自殺)을
권고(勸告)하는 사랑의 실패자(失敗者)여
　그대는 만족(滿足)한 사랑을 받기 위하여 나의 팔에 안겨요
　나의 팔은 그대의 사랑의 분신(分身)인 줄을 그대는 왜
모르셔요

의심하지 마셔요

　의심하지 마셔요 당신과 떨어져 있는 나에게 조금도
의심을 두지 마셔요
　의심을 둔대야 나에게는 별로 관계가 없으나 부질없이
당신에게 고통(苦痛)의 숫자(數字)만 더할 뿐입니다

　나는 당신의 첫사랑의 팔에 안길 때에 온갖 거짓의 옷을
다 벗고 세상에 나온 그대로의 발가벗은 몸을 당신의 앞에
놓았습니다 지금까지도 당신의 앞에는 그때에 놓아둔 몸을
그대로 받들고 있습니다

　만일 인위(人爲)가 있다면 「어찌하여야 츰 마음을 변치
않고 끝끝내 거짓없는 몸을 님에게 바칠고」하는 마음뿐
입니다
　당신의 명령(命令)이라면 생명(生命)의 옷까지도 벗겠
습니다

　나에게 죄가 있다면 당신을 그리워하는 나의 「슬픔」
입니다
　당신이 가실 때에 나의 입술에 수가 없이 입맞추고 「부디
나에게 대하여 슬퍼하지 말고 잘 있으라」고 한 당신의
간절한 부탁에 위반(違反)되는 까닭입니다

　그러나 그것만은 용서하여 주셔요

당신을 그리워하는 슬픔은 곧 나의 생명인 까닭입니다

만일 용서하지 아니하면 후일(後日)에 그에 대한 벌(罰)을 풍우(風雨)의 봄 새벽의 낙화(落花)의 수(數)만치라도 받겠습니다

당신의 사랑의 동아줄에 휘감기는 체형(體刑)도 사양치 않겠습니다

당신의 사랑의 혹법(酷法) 아래에 일만 가지로 복종(服從)하는 자유형(自由刑)도 받겠습니다

그러나 당신이 나에게 의심을 두시면 당신의 의심의 허물과 나의 슬픔의 죄를 맞비기고 말겠습니다

당신에게 떨어져 있는 나에게 의심을 두지 마셔요 부질없이 당신에게 고통의 숫자를 더하지 마셔요

당 신 은

당신은 나를 보면 왜 늘 웃기만 하셔요 당신의 찡그리는
얼굴을 좀 보고 싶은데

나는 당신을 보고 찡그리기는 싫어요 당신은 찡그리는
얼굴을 보기 싫어하실 줄을 압니다

그러나 떨어진 도화가 날아서 당신의 입술을 스칠 때에
나는 이마가 찡그려지는 줄도 모르고 울고 싶었습니다

그래서 금실로 수놓은 수건으로 얼굴을 가렸습니다

행   복(幸福)

　　나는 당신을 사랑하고 당신의 행복을 사랑합니다 나는
온 세상 사람이 당신을 사랑하고 당신의 행복을 사랑하기를
바랍니다

　　그러나 정말로 당신을 사랑하는 사람이 있다면 나는 그
사람을 미워하겠습니다 그 사람을 미워하는 것은 당신을 사랑
하는 마음의 한 부분입니다

　　그러므로 그 사람을 미워하는 고통도 나에게는 행복입니다

　　만일 온 세상 사람이 당신을 미워한다면 나는 그 사람을
얼마나 미워하겠습니까

　　만일 온 세상 사람이 당신을 사랑하지도 않고 미워하지도
않는다면 그것은 나의 일생에 견딜 수 없는 불행입니다

　　만일 온 세상 사람이 당신을 사랑하고자 하여 나를 미워
한다면 나의 행복은 더 클 수가 없습니다

　　그것은 모든 사람의 나를 미워하는 원한(怨恨)의 두만강
(豆滿江)이 깊을수록 나의 당신을 사랑하는 행복(幸福)의
백두산(白頭山)이 높아지는 까닭입니다

밤은 고요하고

밤은 고요하고 방은 물로 씻은 듯합니다

이불은 개인 채로 옆에 놓아두고 화롯불을 다듬거리고
앉았습니다

밤은 얼마나 되었는지 화롯불은 꺼져서 찬 재가 되었
습니다

그러나 그를 사랑하는 나의 마음은 오히려 식지 아니
하였습니다

닭의 소리가 채 나기 전에 그를 만나서 무슨 말을
하였는데 꿈조차 분명치 않습니다그려

비　밀(秘密)

　비밀(秘密)입니까 비밀이라니요 나에게 무슨 비밀이 있겠
습니까
　나는 당신에게 대하여 비밀을 지키려고 하였습니다마는
비밀은 야속히도 지켜지지 아니하였습니다

　나의 비밀은 눈물을 거쳐서 당신의 시각(視覺)으로 들어
갔습니다
　나의 비밀은 한숨을 거쳐서 당신의 청각(聽覺)으로 들어
갔습니다
　나의 비밀은 떨리는 가슴을 거쳐서 당신의 촉각(觸覺)
으로 들어갔습니다
　그 밖의 비밀은 한 쪼각 붉은 마음이 되어서 당신의 꿈
으로 들어갔습니다
　그리고 마지막 비밀은 하나 있습니다 그러나 그 비밀은
소리없는 메아리와 같아서 표현(表現)할 수가 없습니다

사랑의 존재(存在)

　사랑을 「사랑」이라고 하면 벌써 사랑은 아닙니다

　사랑을 이름지을 만한 말이나 글이 어데 있습니까

　미소(微笑)에 눌려서 괴로운 듯한 장미(薔薇)빛 입술인들 그것을 스칠 수가 있습니까

　눈물의 뒤에 숨어서 슬픔의 흑암면(黑闇面)을 반사(反射)하는 가을 물결의 눈인들 그것을 비칠 수가 있습니까

　그림자 없는 구름을 거쳐서 메아리 없는 절벽(絶壁)을 거쳐서 마음이 갈 수 없는 바다를 거쳐서 존재(存在)？ 존재입니다

　그 나라는 국경(國境)이 없습니다 수명(壽命)은 시간(時間)이 아닙니다

　사랑의 존재는 님의 눈과 님의 마음도 알지 못합니다

　사랑의 비밀(秘密)은 다만 님의 수건(手巾)에 수(繡)놓는 바늘과 님의 심으신 꽃나무와 님의 잠과 시인(詩人)의 상상(想像)과 그들만이 압니다

꿈과 근심

밤근심이 하 길기에
꿈도 길 줄 알았더니
님을 보러 가는 길에
반도 못 가서 깨었구나

새벽 꿈이 하 쩌르기에
근심도 짜를 줄 알았더니
근심에서 근심으로
끝 간 데를 모르겠다

만일 님에게도
꿈과 근심이 있거든
차라리
근심이 꿈 되고 꿈이 근심 되어라

「 ? 」

희미한 졸음이 활발한 님의 발자취 소리에 놀라 깨어
무거운 눈썹을 이기지 못하면서 창을 열고 내다보았습니다
동풍에 몰리는 소낙비는 산모롱이를 지나가고 뜰 앞의

파초잎 위에 빗소리의 남은 음파(音波)가 그네를 뜁니다

　감정(感情)과 이지(理智)가 마주치는 찰나(刹那)에 인면
(人面)의 악마(惡魔)와 수심(獸心)의 천사(天使)가 보이려다
사라집니다

　흔들어 빼는 님의 노랫가락에 첫 잠든 어린 잔나비의
애처로운 꿈이 꽃 떨어지는 소리에 깨었습니다

　죽은 밤을 지키는 외로운 등잔불의 구슬꽃이 제 무게를
이기지 못하여 고요히 떨어집니다

　미친 불에 타오르는 불쌍한 영(靈)은 절망(絶望)의 북극
(北極)에서 신세계(新世界)를 탐험(探險)합니다

　사막(沙漠)의 꽃이여 그믐밤의 만월(滿月)이여 님의 얼굴
이여

　피려는 장미화(薔薇花)는 아니라도 갈지 안한 백옥(白玉)인
순결(純潔)한 나의 입술은 미소(微笑)에 목욕(沐浴)감는 그
입술에 채 닿지 못하였습니다

　움직이지 않는 달빛에 눌리운 창에는 저의 털을 가다듬는
고양이의 그림자가 오르락내리락합니다

아아 불(佛)이냐 마(魔)냐 인생(人生)이 티끌이냐 꿈이
　황금(黃金)이냐

　적은 새여 바람에 흔들리는 약한 가지에서 잠자는 적은
새여

님의 손길

님의 사랑은 강철(鋼鐵)을 녹이는 불보다도 뜨거운데 님의 손길은 너무 차서 한도(限度)가 없습니다
나는 이 세상에서 서늘한 것도 보고 찬 것도 보았습니다
그러나 님의 손길같이 찬 것은 볼 수가 없습니다

국화 핀 서리 아침에 떨어진 잎새를 울리고 오는 가을 바람도 님의 손길보다는 차지 못합니다
달이 적고 별에 뿔나는 겨울밤에 얼음 위에 쌓인 눈도 님의 손길보다는 차지 못합니다
감로(甘露)와 같이 청량(淸涼)한 선사(禪師)의 설법(說法)도 님의 손길보다는 차지 못합니다

나의 적은 가슴에 타오르는 불꽃은 님의 손길이 아니고는 끄는 수가 없습니다
님의 손길의 온도(溫度)를 측량(測量)할 만한 한란계(寒暖計)는 나의 가슴밖에는 아무 데도 없습니다
님의 사랑은 불보다도 뜨거워서 근심산(山)을 태우고 한(恨) 바다를 말리는데 님의 손길은 너무도 차서 한도가 없습니다

해 당 화 (海棠花)

당신은 해당화 피기 전에 오신다고 하였습니다 봄은 벌써
늦었습니다

봄이 오기 전에는 어서 오기를 바랐더니 봄이 오고 보니
너무 일찍 왔나 두려합니다

철모르는 아이들은 뒷동산에 해당화가 피었다고 다투어
말하기로 듣고도 못 들은 체하였더니

야속한 봄바람은 나는 꽃을 불어서 경대 위에 놓입니다
그려

시름없이 꽃을 주워서 입술에 대고 「너는 언제 피었니」
하고 물었습니다

꽃은 말도 없이 나의 눈물에 비쳐서 둘도 되고 셋도 됩
니다

당신을 보았습니다

당신이 가신 뒤로 나는 당신을 잊을 수가 없습니다
까닭은 당신을 위하느니보다 나를 위함이 많습니다

나는 갈고 심을 땅이 없음으로 추수(秋收)가 없습니다
저녁거리가 없어서 조나 감자를 꾸러 이웃집에 갔더니 주인
(主人)은 「거지는 인격(人格)이 없다 인격이 없는 사람은 생명
(生命)이 없다 너를 도와주는 것은 죄악(罪惡)이다」고 말하였
습니다
그 말을 듣고 돌아나올 때에 쏟아지는 눈물 속에서 당신을
보았습니다

나는 집도 없고 다른 까닭을 겸하여 민적(民籍)이 없습니다
「민적 없는 자(者)는 인권(人權)이 없다 인권이 없는 너
에게 무슨 정조(貞操)냐」하고 능욕(凌辱)하려는 장군(將軍)이
있었습니다
그를 항거(抗拒)한 뒤에 남에게 대한 격분(激憤)이 스스로의
슬픔으로 화(化)하는 찰나(刹那)에 당신을 보았습니다
아아 온갖 윤리(倫理), 도덕(道德), 법률(法律)은 칼과 황금
(黃金)을 제사(祭祀)지내는 연기(烟氣)인 줄을 알았습니다
영원(永遠)의 사랑을 받을까 인간역사(人間歷史)의 첫 페지에
잉크칠을 할까 술을 마실까 망설일 때에 당신을 보았습니다

복   종(服從)

남들은 자유(自由)를 사랑한다지마는 나는 복종(服從)을 좋아
하여요

자유를 모르는 것은 아니지만 당신에게는 복종만 하고
싶어요

복종하고 싶은데 복종하는 것은 아름다운 자유(自由)보다도
달금합니다 그것이 나의 행복(幸福)입니다

그러나 당신이 나더러 다른 사람을 복종하라면 그것만은
복종할 수가 없습니다

다른 사람을 복종하려면 당신에게 복종할 수가 없는 까닭
입니다

참어 주셔요

　나는 당신을 이별하지 아니할 수가 없습니다 님이여 나의 이별을 참어 주셔요
　당신은 고개를 넘어갈 때에 나를 돌아보지 마셔요 나의 몸은 한 적은 모래 속으로 들어가려 합니다

　님이여 이별을 참을 수가 없거든 나의 죽음을 참어 주셔요
　나의 생명(生命)의 배는 부끄럼의 땀의 바다에서 스스로 폭침(爆沈)하려 합니다 님이여 님의 입김으로 그것을 불어서 속히 잠기게 하여 주셔요 그러고 그것을 웃어 주셔요

　님이여 나의 죽음을 참을 수가 없거든 나를 사랑하지 말아 주셔요 그리하고 나로 하여금 당신을 사랑할 수가 없도록 하여 주셔요
　나의 몸은 터럭 하나도 빼지 아니한 채로 당신의 품에 사라지겠습니다
　님이여 당신과 내가 사랑의 속에서 하나가 되는 것을 참어 주셔요 그리하여 당신은 나를 사랑하지 말고 나로 하여금 당신을 사랑할 수가 없도록 하여 주셔요 오오 님이여

정천한해(情天恨海)

가을하늘이 높다기로
정(情)하늘을 따를소냐
봄바다가 깊다기로
한(恨)바다만 못하리라

높고 높은 정하늘이
싫은 것은 아니지만
손이 낮아서
오르지 못하고
깊고 깊은 한바다가
병 될 것은 없지마는
다리가 쩔러서
건너지 못한다

손이 자라서 오를 수만 있으면
정하늘은 높을수록 아름답고
다리가 길어서 건널 수만 있으면
한바다는 깊을수록 묘하니라

만일 정하늘이 무너지고 한바다가 마른다면
차라리 정천(情天)에 떨어지고 한해(恨海)에 빠지리라
아아 정하늘이 높은 줄만 알았더니
님의 이마보다는 낮다

아아 한바다가 깊은 줄만 알았더니
님의 무릎보다는 옅다

손이야 낮든지 다리야 쩌르든지
정(情)하늘에 오르고 한(恨)바다를 건너려면
님에게만 안기리라

첫 「키스」

마셔요 제발 마셔요

보면서 못 보는 체 마셔요

마셔요 제발 마셔요

입술을 다물고 눈으로 말하지 마셔요

마셔요 제발 마셔요

뜨거운 사랑에 웃으면서 차디찬 잔 부끄럼에 울지 마셔요

마셔요 제발 마셔요

세계(世界)의 꽃을 혼자 따면서 항분(亢奮)에 넘쳐서 떨지
마셔요

마셔요 제발 마셔요

미소(微笑)는 나의 운명(運命)의 가슴에서 춤을 춥니다

새삼스럽게 스스러워 마셔요

그를 보내며

그는 간다 그가 가고 싶어서 가는 것도 아니오 내가 보내고 싶어서 보내는 것도 아니지만 그는 간다

그의 붉은 입술 흰 이 가는 눈썹이 어여쁜 줄만 알았더니 구름 같은 뒷머리 실버들 같은 허리 구슬 같은 발꿈치가 보다도 아름답습니다

걸음이 걸음보다 멀어지더니 보이려다 말고 말려다 보인다

사람이 멀어질수록 마음은 가까워지고 마음이 가까워질수록 사람은 멀어진다

보이는 듯한 것이 그의 혼드는 수건인가 하였더니 갈매기보다도 적은 쪼각구름이 난다

금 강 산 (金剛山)

만이천봉(萬二千峯)! 무양(無恙)하냐 금강산(金剛山)아
너는 너의 님이 어데서 무엇을 하는지 아느냐
너의 님은 너 때문에 가슴에서 타오르는 불꽃에 온갖
종교(宗敎), 철학(哲學), 명예(名譽), 재산(財産) 그 외에도
있으면 있는 대로 태워버리는 줄을 너는 모를리라

너는 꽃에 붉은 것이 너냐
너는 잎에 푸른 것이 너냐
너는 단풍(丹楓)에 취(醉)한 것이 너냐
너는 백설(白雪)에 깨인 것이 너냐

나는 너의 침묵(沈默)을 잘 안다
너는 철모르는 아이들에게 종작없는 찬미(讚美)를 받으
면서 시쁜 웃음을 참고 고요히 있는 줄을 나는 잘 안다

그러나 너는 천당(天堂)이나 지옥(地獄)이나 하나만 가
지고 있으려무나
꿈없는 잠처럼 깨끗하고 단순(單純)하란 말이다
나도 쩌른 갈궁이로 강(江) 건너의 꽃을 꺾는다고 큰
말하는 미친 사람은 아니다 그래서 침착(沈着)하고 단순
(單純)하려고 한다
나는 너의 입김에 불려오는 쪼각구름에 「키스」한다

만이천봉(萬二千峯)! 무양(無恙)하냐 금강산(金剛山)아
너는 너의 님이 어데서 무엇을 하는지 모르지

— 85 —

님의 얼굴

님의 얼굴을 「어여쁘」다고 하는 말은 적당(適當)한 말이
아닙니다
　어여쁘다는 말은 인간(人間) 사람의 얼굴에 대한 말이오
님은 인간의 것이라고 할 수가 없을만치 어여쁜 까닭입니다

　자연(自然)은 어찌하여 그렇게 어여쁜 님을 인간으로
보냈는지 아무리 생각하여도 알 수가 없습니다
　알겠습니다 자연의 가운데에는 님의 짝이 될 만한 무엇이
없는 까닭입니다

　님의 입술 같은 연(蓮)꽃이 어데 있어요 님의 살빛 같은
백옥(白玉)이 어데 있어요
　봄 호수(湖水)에서 님의 눈결 같은 잔물결을 보았습니까
아침볕에서 님의 미소(微笑) 같은 방향(芳香)을 들었습니까
　천국(天國)의 음악(音樂)은 님의 노래의 반향(反響)입니다
아름다운 별들은 님의 눈빛의 화현(化現)입니다

　아아 나는 님의 그림자여요
　님은 님의 그림자밖에는 비길 만한 것이 없습니다
　님의 얼굴을 어여쁘다고 하는 말은 적당한 말이 아닙니다

심은 버들

뜰 앞에 버들을 심어
님의 말을 매렸더니
님은 가실 때에
버들을 꺾어 말채찍을 하였습니다

버들마다 채찍이 되어서
님을 따르는 나의 말도 채칠까 하였더니
남은 가지 천만사(千萬絲)는
해마다 해마다 보낸 한(恨)을 잡아맵니다

꽃이 먼저 알아

옛집을 떠나서 다른 시골에 봄을 만났습니다
꿈은 이따금 봄바람을 따라서 아득한 옛터에 이릅니다
지팽이는 푸르고 푸른 풀빛에 묻혀서 그림자와 서로
따릅니다

길가에서 이름도 모르는 꽃을 보고서 행여 근심을 잊을까
하고 앉았습니다
꽃송이에는 아침이슬이 아직 마르지 아니한가 하였더니
아아 나의 눈물이 떨어진 줄이야 꽃이 먼저 알았습니다

찬   송(讚頌)

님이여 당신은 백 번(百番)이나 단련(鍛鍊)한 금(金)결
입니다

뽕나무 뿌리가 산호(珊瑚)가 되도록 천국(天國)의 사랑을
받읍소서

님이여 사랑이여 아침볕의 첫걸음이여

님이여 당신은 의(義)가 무거웁고 황금(黃金)이 가벼운
것을 잘 아십니다

거지의 거친 밭에 복(福)의 씨를 뿌리옵소서

님이여 사랑이여 옛 오동(梧桐)의 숨은 소리여

님이여 당신은 봄과 광명(光明)과 평화(平和)를 좋아
하십니다

약자(弱者)의 가슴에 눈물을 뿌리는 자비(慈悲)의 보살
(菩薩)이 되옵소서

님이여 사랑이여 얼음바다에 봄바람이여

후　회(後悔)

　당신이 계실 때에 알뜰한 사랑을 못하였습니다
　사랑보다 믿음이 많고 즐거움보다 조심이 더하였습니다
　게다가 나의 성격(性格)이 냉담(冷淡)하고 더구나 가난에
쫓겨서 병들어 누운 당신에게 도리어 소활(疎闊)하였습니다
　그러므로 당신이 가신 뒤에 떠난 근심보다 뉘우치는
눈물이 많습니다

사랑하는 까닭

내가 당신을 사랑하는 것은 까닭이 없는 것이 아닙니다
다른 사람들은 나의 홍안(紅顔)만을 사랑하지마는 당신은
나의 백발(白髮)도 사랑하는 까닭입니다

내가 당신을 기루워하는 것은 까닭이 없는 것이 아닙니다
다른 사람들은 나의 미소(微笑)만을 사랑하지마는 당신은
나의 눈물도 사랑하는 까닭입니다

내가 당신을 기다리는 것은 까닭이 없는 것이 아닙니다
다른 사람들은 나의 건강(健康)만을 사랑하지마는 당신은
나의 죽음도 사랑하는 까닭입니다

당신의 편지

당신의 편지가 왔다기에 꽃밭 매던 호미를 놓고 떼어
보았습니다
그 편지는 글씨는 가늘고 글줄은 만하나 사연은 간단
합니다
만일 님이 쓰신 편지이면 글은 짧을지라도 사연은 길
터인데

당신의 편지가 왔다기에 바느질 그릇을 치워놓고 떼어
보았습니다
그 편지는 나에게 잘 있느냐고만 묻고 언제 오신다는
말은 조금도 없습니다
만일 님이 쓰신 편지이면 나의 일은 묻지 않더래도 언제
오신다는 말을 먼저 썼을 터인데

당신의 편지가 왔다기에 약을 달이다 말고 떼어보았습
니다
그 편지는 당신의 주소(住所)는 다른 나라의 군함(軍艦)
입니다
만일 님이 쓰신 편지이면 남의 군함에 있는 것이 사실
(事實)이라 할지라도 편지에는 군함에서 떠났다고 하였을
터인데

꿈이라면

사랑의 속박(束縛)이 꿈이라면
출세(出世)의 해탈(解脫)도 꿈입니다
웃음과 눈물이 꿈이라면
무심(無心)의 광명(光明)도 꿈입니다
일체 만법(一切萬法)이 꿈이라면
사랑의 꿈에서 불멸(不滅)을 얻겠습니다

달을 보며

달은 밝고 당신이 하도 기루웠습니다
자던 옷을 고쳐 입고 뜰에 나와 퍼지르고 앉아서 달을
한참 보았습니다

달은 차차차 당신의 얼굴이 되더니 넓은 이마 둥근 코
아름다운 수염이 역력히 보입니다
간 해에는 당신의 얼굴이 달로 보이더니 오늘 밤에는
달이 당신의 얼굴이 됩니다

당신의 얼굴이 달이기에 나의 얼굴도 달이 되었습니다
나의 얼굴은 그믐달이 된 줄을 당신이 아십니까
아아 당신의 얼굴이 달이기에 나의 얼굴도 달이 되었
습니다

인 과 율(因果律)

   당신은 옛 맹세(盟誓)를 깨치고 가십니다
   당신의 맹세는 얼마나 참되었습니까 그 맹세를 깨치고
가는 이별은 믿을 수가 없습니다
   참 맹세를 깨치고 가는 이별은 옛 맹세로 돌아올 줄을 압
니다 그것은 엄숙(嚴肅)한 인과율(因果律)입니다
   나는 당신과 떠날 때에 입맞춘 입술이 마르기 전에 당신이
돌아와서 다시 입맞추기를 기다립니다

   그러나 당신의 가시는 것은 옛 맹세를 깨치려는 고의(故意)
가 아닌 줄을 나는 압니다
   비겨 당신이 지금의 이별을 영원(永遠)히 깨치지 않는다
하여도 당신의 최후(最後)의 접촉(接觸)을 받은 나의 입술을
다른 남자(男子)의 입술에 대일 수는 없습니다

만   족(滿足)

세상에 만족(滿足)이 있느냐 인생(人生)에게 만족이 있느냐
있다면 나에게도 있으리라

세상에 만족이 있기는 있지마는 사람의 앞에만 있다
거리(距離)는 사람의 팔 길이와 같고 속력(速力)은 사람의
걸음과 비례(比例)가 된다
만족은 잡을래야 잡을 수도 없고 버릴래야 버릴 수도 없다

만족을 얻고 보면 얻은 것은 불만족(不滿足)이오 만족은

의연(依然)히 앞에 있다

　만족은 우자(愚者)나 성자(聖者)의 주관적(主觀的) 소유(所有)
가 아니면 약자(弱者)의 기대(期待)뿐이다

　만족은 언제든지 인생과 수적 평행(竪的平行)이다

　나는 차라리 발꿈치를 돌려서 만족의 묵은 자취를 밟을까
하노라

　아아 나는 만족을 얻었노라

　아지랑이 같은 꿈과 금(金)실 같은 환상(幻想)이 님 계신
꽃동산에 둘릴 때에 아아 나는 만족을 얻었노라

반 비 례(反比例)

당신의 소리는 「침묵(沈默)」인가요
당신이 노래를 부르지 아니하는 때에 당신의 노랫가락은
역력히 들립니다그려
당신의 소리는 침묵이어요

당신의 얼굴은 「흑암(黑闇)」인가요
내가 눈을 감은 때에 당신의 얼굴은 분명히 보입니다그려
당신의 얼굴은 흑암이어요

당신의 그림자는 「광명(光明)」인가요
당신의 그림자는 달이 넘어간 뒤에 어두운 창에 비칩니다
그려
당신의 그림자는 광명이어요

떠날 때의 님의 얼굴

꽃은 떨어지는 향기가 아름답습니다
해는 지는 빛이 곱습니다
노래는 목마친 가락이 묘합니다
님은 떠날 때의 얼굴이 더욱 어여쁩니다

떠나신 뒤에 나의 환상(幻想)의 눈에 비치는 님의 얼굴은
눈물이 없는 눈으로는 바로 볼 수가 없을 만치 어여쁠 것
입니다
님의 떠날 때의 어여쁜 얼굴을 나의 눈에 새기겠습니다
님의 얼굴은 나를 울리기에는 너무도 야속한 듯하지마는
님을 사랑하기 위하여는 나의 마음을 즐거움게 할 수가
없습니다
만일 그 어여쁜 얼굴이 영원(永遠)히 나의 눈을 떠난다면
그때의 슬픔은 우는 것보다도 아프겠습니다

최초(最初)의 님

맨 츰에 만난 님과 님은 누구이며 어느 때인가요
맨 츰에 이별한 님과 님은 누구이며 어느 때인가요
맨 츰에 만난 님과 님이 맨 츰으로 이별하였습니까 다른
님과 님이 맨 츰으로 이별하였습니까

나는 맨 츰에 만난 님과 님이 맨 츰으로 이별한 줄로
압니다
만나고 이별이 없는 것은 님이 아니라 나입니다
이별하고 만나지 않는 것은 님이 아니라 길 가는 사람
입니다
우리들은 님에 대하여 만날 때에 이별을 염려하고 이별
할 때에 만남을 기약합니다
그것은 맨 츰에 만난 님과 님이 다시 이별한 유전성
(遺傳性)의 흔적(痕跡)입니다

그러므로 만나지 않는 것도 님이 아니요 이별이 없는
것도 님이 아닙니다
님은 만날 때에 웃음을 주고 떠날 때에 눈물을 줍니다
만날 때의 웃음보다 떠날 때의 눈물이 좋고 떠날 때의
눈물보다 다시 만나는 웃음이 좋습니다
아아 님이여 우리의 다시 만나는 웃음은 어느 때에 있
습니까

두 견 새

두견새는 실컷 운다
울다가 못 다 울면
피를 흘려 운다

이별한 한(恨)이야 너뿐이랴마는
울래야 울지도 못하는 나는
두견새 못 된 한을 또다시 어찌하리

야속한 두견새는
돌아갈 곳도 없는 나를 보고도
「불여귀불여귀(不如歸不如歸)」

나의 꿈

당신이 맑은 새벽에 나무 그늘 사이에서 산보할 때에
나의 꿈은 적은 별이 되어서 당신의 머리 위에 지키고
있겠습니다

당신이 여름날에 더위를 못 이기어 낮잠을 자거든 나의
꿈은 맑은 바람이 되어서 당신의 주위(周圍)에 떠돌겠습니다

당신이 고요한 가을밤에 그윽히 앉아서 글을 볼 때에
나의 꿈은 귀뚜라미가 되어서 책상 밑에서「귀똘귀똘」
울겠습니다

우는 때

꽃핀 아침 달 밝은 저녁 비 오는 밤 그때가 가장 님 기루운 때라고 남들은 말합니다
나도 같은 고요한 때로는 그때에 많이 울었습니다

그러나 나는 여러 사람이 모여서 말하고 노는 때에 더 울게 됩니다
님 있는 여러 사람들은 나를 위로하여 좋은 말을 합니다 마는 나는 그들의 위로하는 말을 조소로 듣습니다
그때에는 울음을 삼켜서 눈물을 속으로 창자를 향하여 흘립니다

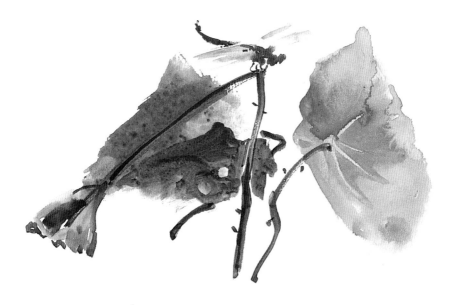

타골의 시(詩 GARDENISTO)를 읽고

　벗이여 나의 벗이여 애인(愛人)의 무덤 위의 피어 있는
꽃처럼 나를 울리는 벗이여

　적은 새의 자취도 없는 사막(沙漠)의 밤에 문득 만난 님
처럼 나를 기쁘게 하는 벗이여

　그대는 옛 무덤을 깨치고 하늘까지 사무치는 백골(白骨)의
향기(香氣)입니다

　그대는 화환(花環)을 만들려고 떨어진 꽃을 줍다가 다른
가지에 걸려서 주운 꽃을 헤치고 부르는 절망(絶望)인 희망
(希望)의 노래입니다

　벗이여 깨어진 사랑에 우는 벗이여

　눈물이 능히 떨어진 꽃을 옛 가지에 도로 피게 할 수는
없습니다

　눈물을 떨어진 꽃에 뿌리지 말고 꽃나무 밑의 티끌에
뿌리셔요

　벗이여 나의 벗이여

　죽음의 향기가 아무리 좋다 하여도 백골의 입술에 입맞출
수는 없습니다

　그의 무덤을 황금(黃金)의 노래로 그물치지 마셔요 무덤
위에 피 묻은 깃(旗)대를 세우셔요

　그러나 죽은 대지(大地)가 시인(詩人)의 노래를 거쳐서
움직이는 것을 봄바람은 말합니다

벗이여 부끄럽습니다 나는 그대의 노래를 들을 때에 어떻게 부끄럽고 떨리는지 모르겠습니다

그것은 내가 나의 님을 떠나서 홀로 그 노래를 듣는 까닭입니다

「사랑」을 사랑하여요

  당신의 얼굴은 봄하늘의 고요한 별이어요
  그러나 찢어진 구름 사이로 돋아오는 반달 같은 얼굴이
없는 것이 아닙니다
  만일 어여쁜 얼굴만을 사랑한다면 왜 나의 벼갯모에 달을
수놓지 않고 별을 수놓아요

  당신의 마음은 티없는 숫옥(玉)이어요 그러나 곱기도
밝기도 굳기도 보석 같은 마음이 없는 것이 아닙니다
  만일 아름다운 마음만을 사랑한다면 왜 나의 반지를
보석으로 아니하고 옥으로 만들어요

  당신의 시(詩)는 봄비에 새로 눈트는 금(金)결 같은 버들
이어요
  그러나 기름 같은 검은 바다에 피어오르는 백합(百合)꽃
같은 시(詩)가 없는 것이 아닙니다
  만일 좋은 문장(文章)만을 사랑한다면 왜 내가 꽃을 노래
하지 않고 버들을 찬미(讚美)하여요

  온 세상 사람이 나를 사랑하지 아니할 때에 당신만이
나를 사랑하였습니다
  나는 당신을 사랑하여요 나는 당신의 「사랑」을 사랑
하여요

버리지 아니하면

　나는 잠자리에 누워서 자다가 깨고 깨다가 잘 때에
외로운 등잔불은 각근(恪勤)한 파수꾼(派守軍)처럼 온 밤을
지킵니다
　당신이 나를 버리지 아니하면 나는 일생(一生)의 등잔불이
되어서 당신의 백년(百年)을 지키겠습니다

　나는 책상 앞에 앉아서 여러 가지 글을 볼 때에 내가
요구(要求)만 하면 글은 좋은 이야기도 하고 맑은 노래도
부르고 엄숙(嚴肅)한 교훈(敎訓)도 줍니다
　당신이 나를 버리지 아니하면 나는 복종(服從)의 백과
전서(百科全書)가 되어서 당신의 요구(要求)를 수응(酬應)
하겠습니다

　나는 거울을 대하여 당신의 키스를 기다리는 입술을 볼
때에 속임없는 거울은 내가 웃으면 거울도 웃고 내가
찡그리면 거울도 찡그립니다
　당신이 나를 버리지 아니하면 나는 마음의 거울이 되어서
속임없이 당신의 고락(苦樂)을 같이 하겠습니다

　＊派守軍(파수꾼) : 把守軍(파수꾼)의 오기(誤記)로 보임.

당신의 마음

　나는 당신의 눈썹이 검고 귀가 갸름한 것도 보았습니다
　그러나 당신의 마음을 보지 못하였습니다
　당신이 사과를 따서 나를 주려고 크고 붉은 사과를 따로
쌀 때에 당신의 마음이 그 사과 속으로 들어가는 것을
분명히 보았습니다

　나는 당신의 둥근 배와 잔나비 같은 허리와를 보았습니다
　그러나 당신의 마음을 보지 못하였습니다
　당신이 나의 사진과 어떤 여자의 사진을 같이 들고 볼
때에 당신의 마음이 두 사진의 사이에서 초록빛이 되는
것을 분명히 보았습니다

　나는 당신의 발톱이 희고 발꿈치가 둥근 것도 보았습니다
　그러나 당신의 마음을 보지 못하였습니다
　당신이 떠나시려고 나의 큰 보석 반지를 주머니에 넣으실
때에 당신의 마음이 보석 반지 너머로 얼굴을 가리고 숨는
것을 분명히 보았습니다

여름밤이 길어요

　당신이 계실 때에는 겨울밤이 쩌르더니 당신이 가신 뒤에는
여름밤이 길어요
　책력의 내용(內容)이 그릇되었나 하였더니 개똥불이 흐르고
벌레가 웁니다
　긴 밤은 어데서 오고 어데로 가는 줄을 분명히 알았습니다
　긴 밤은 근심바다의 첫 물결에서 나와서 슬픈 음악(音樂)이
되고 아득한 사막(沙漠)이 되더니 필경 절망(絶望)의 성(城)
너머로 가서 악마(惡魔)의 웃음 속으로 들어갑니다

　그러나 당신이 오시면 나는 사랑의 칼을 가지고 긴 밤을
베혀서 일천(一千) 도막을 내겠습니다
　당신이 계실 때는 겨울밤이 쩌르더니 당신이 가신 뒤는
여름밤이 길어요

명　상(冥想)

　　아득한 명상(冥想)의 적은 배는 갓이없이 출렁거리는
달빛의 물결에 표류(漂流)되어 멀고 먼 별나라를 넘고 또
넘어서 이름도 모르는 나라에 이르렀습니다
　　이 나라에는 어린 아기의 미소(微笑)와 봄아침과 바다
소리가 합(合)하여 사람이 되었습니다
　　이 나라 사람은 옥새(玉璽)의 귀한 줄도 모르고 황금
(黃金)을 밟고 다니고 미인(美人)의 청춘(靑春)을 사랑할
줄도 모릅니다
　　이 나라 사람은 웃음을 좋아하고 푸른 하늘을 좋아
합니다

　　명상의 배를 이 나라의 궁전(宮殿)에 매었더니 이 나라
사람들은 나의 손을 잡고 같이 살자고 합니다
　　그러나 나는 님이 오시면 그의 가슴에 천국(天國)을
꾸미려고 돌아왔습니다
　　달빛의 물결은 흰 구슬을 머리에 이고 춤추는 어린
풀의 장단을 맞추어 우줄거립니다

생(生)의 예술(藝術)

　모른 결에 쉬어지는 한숨은 봄바람이 되어서 야윈 얼굴을
비치는 거울에 이슬꽃을 핍니다
　나의 주위(周圍)에는 화기(和氣)라고는 한숨의 봄바람밖
에는 아무것도 없습니다
　하염없이 흐르는 눈물은 수정(水晶)이 되어서 깨끗한
슬픔의 성경(聖境)을 비칩니다
　나는 눈물의 수정이 아니면 이 세상에 보물(寶物)이라고는
하나도 없습니다

　한숨의 봄바람과 눈물의 수정은 떠난 님을 기루워하는
정(情)의 추수(秋收)입니다
　저리고 쓰린 슬픔은 힘이 되고 열(熱)이 되어서 어린 양
(羊)과 같은 적은 목숨을 살아 움직이게 합니다
　님이 주시는 한숨과 눈물은 아름다운 생(生)의 예술(藝術)
입니다

거문고 탈 때

달 아래에서 거문고를 타기는 근심을 잊을까 함이러니
츰 곡조가 끝나기 전에 눈물이 앞을 가려서 밤은 바다가
되고 거문고 줄은 무지개가 됩니다

거문고 소리가 높았다가 가늘고 가늘다가 높을 때에
당신은 거문고 줄에서 그네를 뜁니다

마지막 소리가 바람을 따라서 느티나무 그늘로 사라질
때에 당신은 나를 힘없이 보면서 아득한 눈을 감습니다

아아 당신은 사라지는 거문고 소리를 따라서 아득한 눈을
감습니다

오 셔 요

오셔요 당신은 오실 때가 되었어요 어서 오셔요

당신은 당신의 오실 때가 언제인지 아십니까 당신의 오실
때는 나의 기다리는 때입니다

당신은 나의 꽃밭으로 오셔요 나의 꽃밭에는 꽃들이 피어
있습니다

만일 당신을 좇아오는 사람이 있으면 당신은 꽃 속으로
들어가서 숨으십시오

나는 나비가 되어서 당신 숨은 꽃 위에 가서 앉겠습니다

그러면 좇아오는 사람이 당신을 찾을 수는 없습니다

오셔요 당신은 오실 때가 되었습니다 어서 오셔요

당신은 나의 품에로 오셔요 나의 품에는 보드라운 가슴이
있습니다

만일 당신을 좇아오는 사람이 있으면 당신은 머리를 숙여서
나의 가슴에 대입시오

나의 가슴은 당신이 만질 때에는 물같이 보드라웁지마는
당신의 위험(危險)을 위하여는 황금(黃金)의 칼도 되고 강철
(鋼鐵)의 방패도 됩니다

나의 가슴은 말굽에 밟힌 낙화(落花)가 될지언정 당신의
머리가 나의 가슴에서 떨어질 수는 없습니다

그러면 좇아오는 사람이 당신에게 손을 대일 수는 없습니다

오셔요 당신은 오실 때가 되었습니다 어서 오셔요

당신은 나의 죽음 속으로 오셔요 죽음은 당신을 위하여의 준비(準備)가 언제든지 되어 있습니다

만일 당신을 좇아오는 사람이 있으면 당신은 나의 죽음의 뒤에 서십시오

죽음은 허무(虛無)와 만능(萬能)이 하나입니다

죽음의 사랑은 무한(無限)인 동시(同時)에 무궁(無窮)입니다

죽음의 앞에는 군함(軍艦)과 포대(砲臺)가 티끌이 됩니다

죽음의 앞에는 강자(强者)와 약자(弱者)가 벗이 됩니다

그러면 좇아오는 사람이 당신을 잡을 수는 없습니다

오셔요 당신은 오실 때가 되었습니다 어서 오셔요

쾌　　락(快樂)

　님이여 당신은 나를 당신 계신 때처럼 잘 있는 줄로
아십니까
　그러면 당신은 나를 아신다고 할 수가 없습니다

　당신이 나를 두고 멀리 가신 뒤로는 나는 기쁨이라고는
달도 없는 가을하늘에 외기러기의 발자취만치도 없습니다

　거울을 볼 때에 절로 오던 웃음도 오지 않습니다
　꽃나무를 심으고 물 주고 북돋으던 일도 아니합니다
　고요한 달그림자가 소리없이 걸어와서 엷은 창에 소근
거리는 소리도 듣기 싫습니다
　가물고 더운 여름하늘에 소낙비가 지나간 뒤에 산모롱이의
적은 숲에서 나는 서늘한 맛도 달지 않습니다
　동무도 없고 노리개도 없습니다

　나는 당신 가신 뒤에 이 세상에서 얻기 어려운 쾌락
(快樂)이 있습니다
　그것은 다른 것이 아니라 이따금 실컷 우는 것입니다

고   대(苦待)

당신은 나로 하여금 날마다 날마다 당신을 기다리게
합니다

해가 저물어 산 그림자가 촌 집을 덮을 때에 나는 기약
(期約) 없는 기대(期待)를 가지고 마을 숲 밖에 가서
기다리고 있습니다

소를 몰고 오는 아이들의 풀잎피리는 제 소리에 목마칩
니다

먼 나무로 돌아가는 새들은 저녁 연기에 헤엄칩니다

숲들은 바람과의 유희(遊戲)를 그치고 잠잠히 섰습니다
그것은 나에게 동정(同情)하는 표상(表象)입니다

시내를 따라 굽이친 모랫길이 어둠의 품에 안겨서 잠들
때에 나는 고요하고 아득한 하늘에 긴 한숨의 사라진
자취를 남기고 게으른 걸음으로 돌아옵니다

당신은 나로 하여금 날마다 날마다 당신을 기다리게
합니다

어둠의 입이 황혼(黃昏)의 엷은 빛을 삼킬 때에 나는
시름없이 문 밖에 서서 당신을 기다립니다

다시 오는 별들은 고운 눈으로 반가운 표정(表情)을 빛
내면서 머리를 조아 다투어 인사합니다

풀 사이의 벌레들은 이상한 노래로 백주(白晝)의 모든
생명(生命)의 전쟁(戰爭)을 쉬게 하는 평화(平和)의 밤을
공양(供養)합니다

네모진 적은 못의 연(蓮)잎 위에 발자취 소리를 내는
실없는 바람이 나를 조롱(嘲弄)할 때에 나는 아득한 생각이
날카로운 원망(怨望)으로 화(化)합니다

당신은 나로 하여금 날마다 날마다 당신을 기다리게
합니다
일정(一定)한 보조(步調)로 걸어가는 사정(私情)없는 시간
(時間)이 모든 희망(希望)을 채찍질하여 밤과 함께 몰아갈
때에 나는 쓸쓸한 잠자리에 누워서 당신을 기다립니다
가슴 가운데의 저기압(低氣壓)은 인생(人生)의 해안(海岸)에
폭풍우(暴風雨)를 지어서 삼천세계(三千世界)는 유실(流失)
되었습니다
벗을 잃고 견디지 못하는 가엾은 잔나비는 정(情)의 삼림
(森林)에서 저의 숨에 질식(窒息)되었습니다
우주(宇宙)와 인생의 근본 문제(根本問題)를 해결(解決)하는
대철학(大哲學)은 눈물의 삼매(三昧)에 입정(入定)되었습니다
나의 「기다림」은 나를 찾다가 못 찾고 저의 자신(自身)까지
잃어버렸습니다

사랑의 끝판

　네 네 가요 지금 곧 가요

　에그 등불을 켜려다가 초를 거꾸로 꽂았습니다그려 저를
어쩌나 저 사람들이 흉보겠네

　님이여 나는 이렇게 바쁩니다 님은 나를 게으르다고 꾸
짖습니다 에그 저것 좀 보아 「바쁜 것이 게으른 것이다」
하시네

　내가 님의 꾸지람을 듣기로 무엇이 싫겠습니까 다만 님의
거문고 줄이 완급(緩急)을 잃을까 저퍼합니다

　님이여 하늘도 없는 바다를 거쳐서 느릅나무 그늘을 지워
버리는 것은 달빛이 아니라 새는 빛입니다

　홰를 탄 닭은 날개를 움직입니다

　마구에 매인 말은 굽을 칩니다

　네 네 가요 이제 곧 가요

독자(讀者)에게

독자(讀者)여 나는 시인(詩人)으로 여러분의 앞에 보이는 것을 부끄러합니다

여러분이 나의 시(詩)를 읽을 때에 나를 슬퍼하고 스스로 슬퍼할 줄을 압니다

나는 나의 시를 독자(讀者)의 자손(子孫)에게까지 읽히고 싶은 마음은 없습니다

그때에는 나의 시를 읽는 것이 늦은 봄의 꽃수풀에 앉아서 마른 국화(菊花)를 비벼서 코에 대이는 것과 같을는지 모르겠습니다

밤은 얼마나 되었는지 모르겠습니다

설악산(雪嶽山)의 무거운 그림자는 엷어 갑니다

새벽종을 기다리면서 붓을 던집니다

(乙丑 八月 二十九日 밤 끝)

* 을축년(乙丑年)은 1925년임.

한평생 「님」을 찾아 노래부른 한용운

신　동　한
(문학 평론가)

3·1운동 당시 33인의 민족 대표의 한 사람으로 일제에 맞서 민족독립 투쟁을 벌이면서, 이제 한국 현대 문학사에 있어 불멸의 고전이 된 「님의 침묵(沈默)」으로써 대 민족시인으로 추앙받는 만해(萬海) 한용운(韓龍雲)은 1879년 7월 12일 충남 홍성군 서부면 용호리에서 태어나서 한평생을 그렇게도 기리던 「님」이 오시기 한 해 전인 1944년 5월 5일 성북동 심우장(尋牛莊) 자택에서 한(恨) 많고 파란 많은 생을 마친 겨레의 선각자(先覺者)였다.

시인 조지훈(趙芝薰)의 말을 빌면, 한용운은 '혁명가와 선승(禪僧)과 시인의 일체화(一體化)에 있었다.'

「나라사랑」 제2집 한용운 선생 특집호에서 정광호씨는 한용운의 「님」을 찾는 한평생에 대하여 다음과 같이 쓰고 있다.

　　죽는 날까지 투쟁을 그쳐 본 일이 없는 만해. 다시 말해서 한평생 65년 동안 하루도 「님」을 여의고 살아 본 일이 없는 만해. 이 민족적 애국 지사로서의 만해가 평생을 바라고 생각하며 지켜보던 대상은 일반이 알다시피 「님」이었다.

　　　「님」만 님이 아니라 기룬 것은 다 님이다 중생(衆生)이 석가(釋迦)의 님이라면 철학(哲學)은 칸트의 님이다 장미화(薔薇花)의 님이 봄비라면 맛치니의 님은 이태리(伊太利)다 님은 내가 사랑할 뿐 아니라 나를 사랑하나니라
　　　연애(戀愛)가 자유(自由)라면 님도 자유(自由)일 것이다 그러나 너희는 이름 좋은 자유(自由)의 알뜰한 구속(拘束)을 받지 않느냐 너에게도 님이 있느냐 있다면 님이 아니라 너의 그림자니라
　　　나는 해 저문 벌판에서 돌아가는 길을 잃고 헤매는 어린 양(羊)이

기루워서 이 시(詩)를 쓴다

──〈군　말〉──

그 자신의 말대로 「님」이란 그에게 있어서 매우 복잡하고 미묘한 뉘앙스를 갖는 것이 사실이다. 로미오와 줄리엣을 생각하는 「님」만이 님은 아니었다. 석가모니가 생각하는 님을 중생이라 한다면, 만해가 생각하는 님은 중생의 한 부분인 겨레요, 조국이었다 해도 틀린 말은 아닐 것이다. 혹은 불교, 혹은 문학, 만해가 추구하는 대상이면 무엇이든 다 「님」일 수가 있는 것이다.

그러나 무엇보다도 소중한 의미를 가지고 있던 것은 물론 겨레와 조국이 아니었던가 싶다. 따라서 이렇게 깊이 사모하고 있던 「님」을 잃었을 때, 그는 사뭇 몸부림치며 통곡을 했던 것이다.

　　님은 갔습니다 아아 사랑하는 나의 님은 갔습니다 푸른 산빛을 깨치고 단풍나무 숲을 향하여 난 적은 길을 걸어서 참어 떨치고 갔습니다

──〈님의 침묵〉에서──

일제에 의해 독립 국가 「조선」이란 이름이 완전히 사라져 버린, 다시 말해서 「님」을 빼앗긴 슬픔을 그는 이렇게 읊조렸던 것이다. 그러나 합방이란 이름의 마지막 수속과 함께 한 번 가 버린 님은 쉽사리 오지 않았다.

　　당신은 나의 꽃밭에로 오셔요 나의 꽃밭에는 꽃들이 피어 있습니다 …… 당신은 나의 품에로 오셔요 나의 품에는 보드라운 가슴이 있습니다

──〈오셔요〉에서──

이처럼 애달프게 외쳐 보았으나 영영 돌아오지 않았다. 그리하여 마음대로 울 수도 없는 식민지 치하가 되었다. 망국 백성의 설움이 이로부터 줄곧 시작 과정(詩作課程)으로 점철, 승화되고 있었던 것은 당연한 일이다.

때로는 두견새 울음소리에 의탁하여, 혹은 오동잎이 떨어지는 소

리를 듣고도 그는 늘 「님」을 찾고 불렀던 것이다. 1925년에 나온 「님의 침묵(沈默)」은 바로 이런 노래를 모아 놓은 책이다.

그러나 그가 이렇게 언제나 소녀적인 감상에만 젖어 있던 것은 물론 아니었다. 일신이 아무리 고될지언정, 그리고 어떤 박해가 엄습할지언정, 그는 「님」을 찾고 살리는 일에 몸을 던져야 했던 것이다.

　　나는 나룻배
　　당신은 행인(行人)

　　당신은 흙발로 나를 짓밟습니다……——(중략)——
　　나는 당신을 안으면 깊으나 옅으나 급한 여울이나 건너갑니다
　　　　　　　　——〈나룻배와 행인(行人)〉에서——

여기서 「당신」은 만해가 그토록 찾고 헤매던 그 「님」일 것이 틀림없다. 그리고 「님」을 건네 주기 위한 것이라면, 아무리 흙발로 짓밟히는 역경이 있더라도 기어이 저 언덕까지 건네다 주는 「나룻배」 구실을 하겠다는 것이다.

아무튼 한평생 「님」을 찾고 부르던 애국지사 만해, 죽는 날까지 투쟁을 그쳐 본 적이 없는 만해였다. 그의 한평생은 기구하기 이를 데가 없는 것이었다.

그가 비록 폭탄을 들고 적진으로 들어간 일은 없으나, 우리 민족의 정신적 자세에 그토록 큰 영향을 끼친 사람도 아마 흔하지 않을 것이다.

문학과 행동에 있어서 어느 누구도 따르지 못할 만큼 나라와 겨레를 위해 바친 사랑의 열정은 그의 시작품에 뛰어나게 나타나 있다. 그러나 그 내용은 어떤 외래 문예사조의 영향을 받았거나 문단의 테두리에 얽매인 편협성을 도무지 찾아볼 수 없다.

그럴 수밖에 없는 것이 그는 언제나 문단권 외에서 움직였으며, 역사성과 사회성에 투철한 문학관을 닦아 나가면서 작품을 써왔던 것이다.

형식이나 내용에 있어서 한용운의 문학은 파격적인 것이며, 시대와 현실을 통찰하는 날카로우면서도 고매한 안목아래 이루어졌다.

그는 일제의 갖은 탄압 속에서도 굴하지 않고 스스로의 지조를

지켜 나가면서 항일에 가장 앞장서는 의지와 용기를 끝끝내 잃지 않았다.

그러한 그의 정신세계는 다른 어느 작품보다도 시집「님의 침묵 (沈默)」에 가장 절실하면서도 심오하게 응결되어 나타나 있다.

그의 시는 고도의 상징적인 표현을 통한 뛰어난 서정시이면서도 거기에는 깊은 사상과 줄기찬 저항의식(抵抗意識)을 면면히 깔아놓고 있다.

우리 시문학사에 있어서 행동과 작품에서 한용운이 이룩해 놓은 자리는 너무나도 뛰어나고 그 영향력은 오래도록 지워지지 않을 문학의 위대성(偉大性)을 간직하고 있는 것이다.

세계명시선집 〈10〉 한 용 운

혁신 초판 발행 2021년 8월 31일
그 린 이 안   영
펴 낸 이 최 석 로
펴 낸 곳 서 문 당
주   소   경기도 고양시 일산 서구 덕산로 99번길 85
우편번호 10204
전   화   031-923-8258
팩   스   031-923-8259
창립일자 1968년 12월 24일
창업등록 1968.12.26 No.가2367
출판등록 제 406-313-2001-000005호
ISBN   978-89-7243-812-0
초판 발행 1991년 11월 20일
* 파본은 바꾸어드립니다.